YURUFUWA KONCHU ZUKAN BOKURA WA YURUKU IKITEIRU
by Jueki Taro

Copyright © JuekiTaro 2018
All rights reserved.

First published in Japan in 2018 by KADOKAWA CORPORATION, Tokyo.
Korean translation rights arranged with KADOKAWA CORPORATION, Tokyo through IMPRIMA KOREA AGENCY.

Korean translation copyright © Viche, an imprint of Gimm-Young Publishers, Inc. 2023

이 책의 한국어판 저작권은 임프리마 코리아 에이전시를 통한 저작권사와의 독점 계약으로 비채에 있습니다.
저작권법에 의해 한국 내에서 보호를 받는 저작물이므로 무단전재와 무단복제를 금합니다.

느긋하게 산다 – 저마다 생긴 대로, 열심대충 곤충 라이프

1판 1쇄 인쇄 2023년 3월 6일 **1판 1쇄 발행** 2023년 3월 27일
지은이 주에키타로 **옮긴이** 장선정
펴낸이 고세규
편집 박정선 **디자인** 유상현
마케팅 이헌영 **홍보** 반재서 이태린

발행처 김영사
주소 경기도 파주시 문발로 197(문발동) 우편번호 10881
등록 1979년 5월 17일(제406-2003-036호)
주문 및 문의 전화 031)955-3200 **팩스** 031)955-3111
편집부 전화 02)3668-3291 **팩스** 02)745-4827 **전자우편** literature@gimmyoung.com
비채 블로그 blog.naver.com/viche_books
인스타그램 @drviche **트위터** @vichebook
ISBN 978-89-349-8104-6 07830
책값은 뒤표지에 있습니다.

비채는 김영사의 문학 브랜드입니다.

ゆるふわ昆虫図鑑

느긋하게 산다

ボクラはゆるく生きている

작가 후기

《느긋하게 산다 - 저마다 생긴 대로, 열심대충 곤충 라이프》를 읽어주셔서 정말 감사합니다.

저는 초등학교 때부터 생물 사육과 관찰을 좋아해서 학교에서 사육 동아리에 들었습니다. 그리고 지금도 장수풍뎅이, 사슴벌레를 비롯해 개구리와 송사리를 기르고 그 생물이 어떤 성격을 지녔는지 관찰합니다.
개구리는 네 마리 기르는데요, 한 마리 한 마리 성격이 다릅니다. 먹이를 줄 때 이기는 녀석, 밀리는 녀석을 보고 있노라면 어쩐지 인간 세계에서도 이런 광경을 본 것 같다…라는 생각이 들어서 의인화해 만화를 그렸습니다.

개구리뿐만 아니라 곤충도 관찰해보면 성격 차이가 느껴집니다. 이를테면 왕사슴벌레는 의외로 얌전하고 톱사슴벌레는 폭군입니다. 장수풍뎅이는 촐랑대서 자신의 먹이인 곤충젤리를 뒤집어엎기도 하고(개체에 따라 다릅니다만)… 제게는 그런 이미지입니다.

그 이미지를 캐릭터로 만들어 《느긋하게 산다》를 완성했습니다.
이 책을 계기로 꼭 잡목림과 풀숲에 한번 나가보시길 바랍니다. 살짝 아래를 보면 거기에 많은 생물이 살고 있을 겁니다. 발로 밟지 않게 조심하면서 가만히 관찰해보세요. 그중에는 얼굴이 달린 곤충도 있을지 모릅니다.

주에키타로

에필로그

느긋하게 산다

ボクラはゆるく生きている

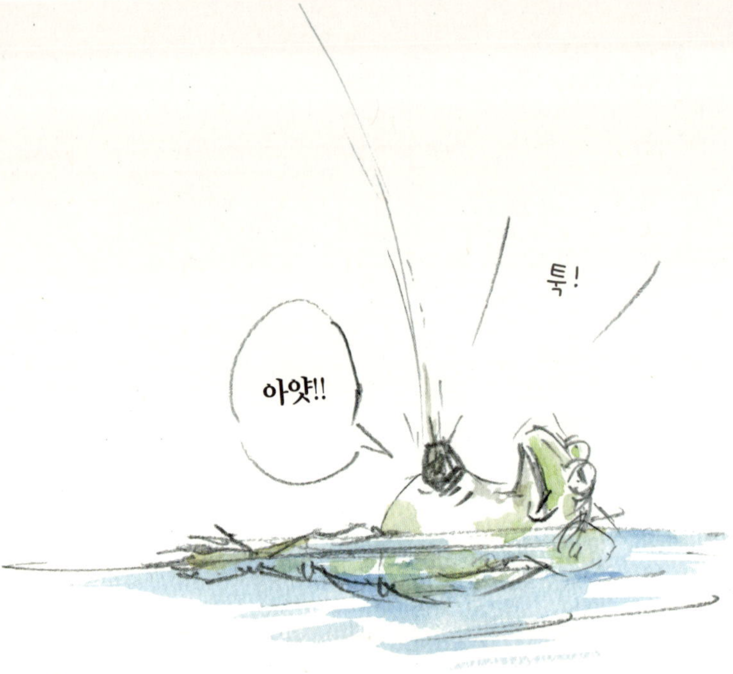
아얏!!
툭!

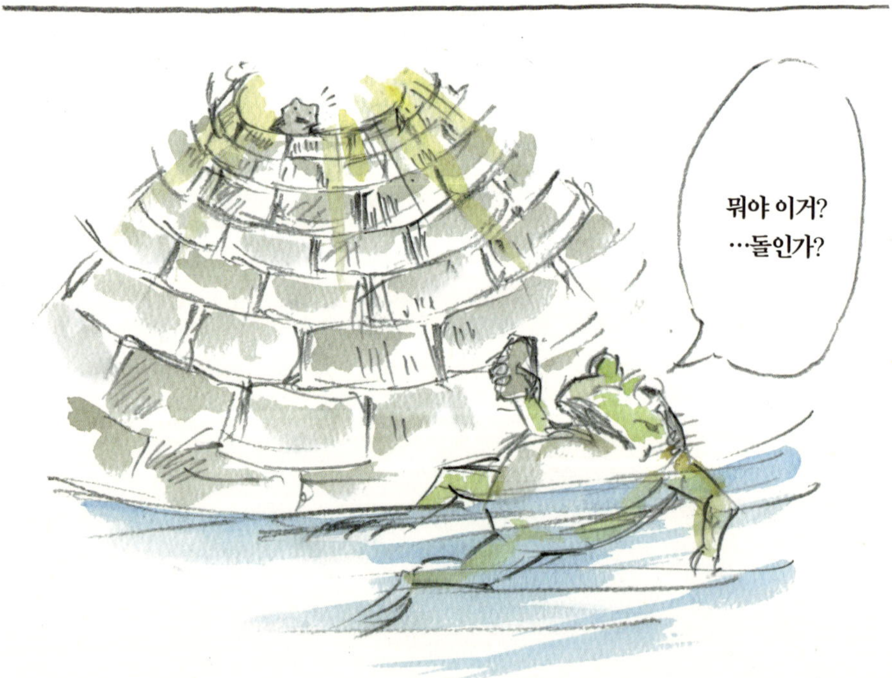
뭐야 이거?
…돌인가?

어느 숲속

그것은

한 마리
생물이
살았습니다

오래된
우물에

7장

우물 안 개구리, 큰 바다를 알다

느긋하게 산다

일개미의 프리미엄 프라이데이*

* 과로 등을 방지하기 위해 매월 마지막 금요일에 3시간 일찍 퇴근하는 캠페인

무당벌레 사건

민달팽이의 새해 첫 꿈

메리 크리스마스

일개미의 크리스마스

도롱이벌레의 크리스마스

송사리 학교는 겨울방학

크리스마스트리

말똥구리의 선물

우산 데이

양서류 남자

거북이의 보은 ②

거북이의 보은 ①

거북이를 도와준 개구리

거북이와 아기 개구리

거북이와 개구리

그날 이후
그는 날라리 생활을 접었다…

송사리 학교의 날라리

'멍청이'만으로 마음은 전해진다

송사리 학교

올챙이의 성장

어린이날

두꺼비의 육아

민물게의 비밀

6장

곤충들의 이벤트

느긋하게 산다

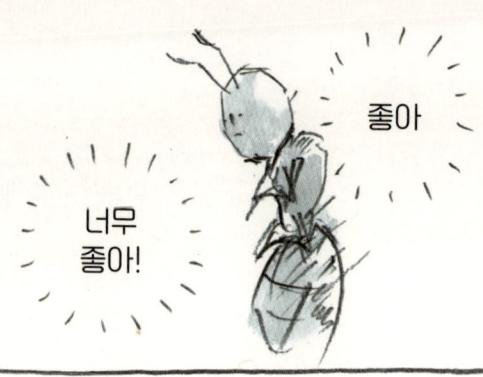

5장

개미와 베짱이의 우정

느긋하게 산다

내일부터 또 일하는 일개미

일개미의 주말

일개미 송년회

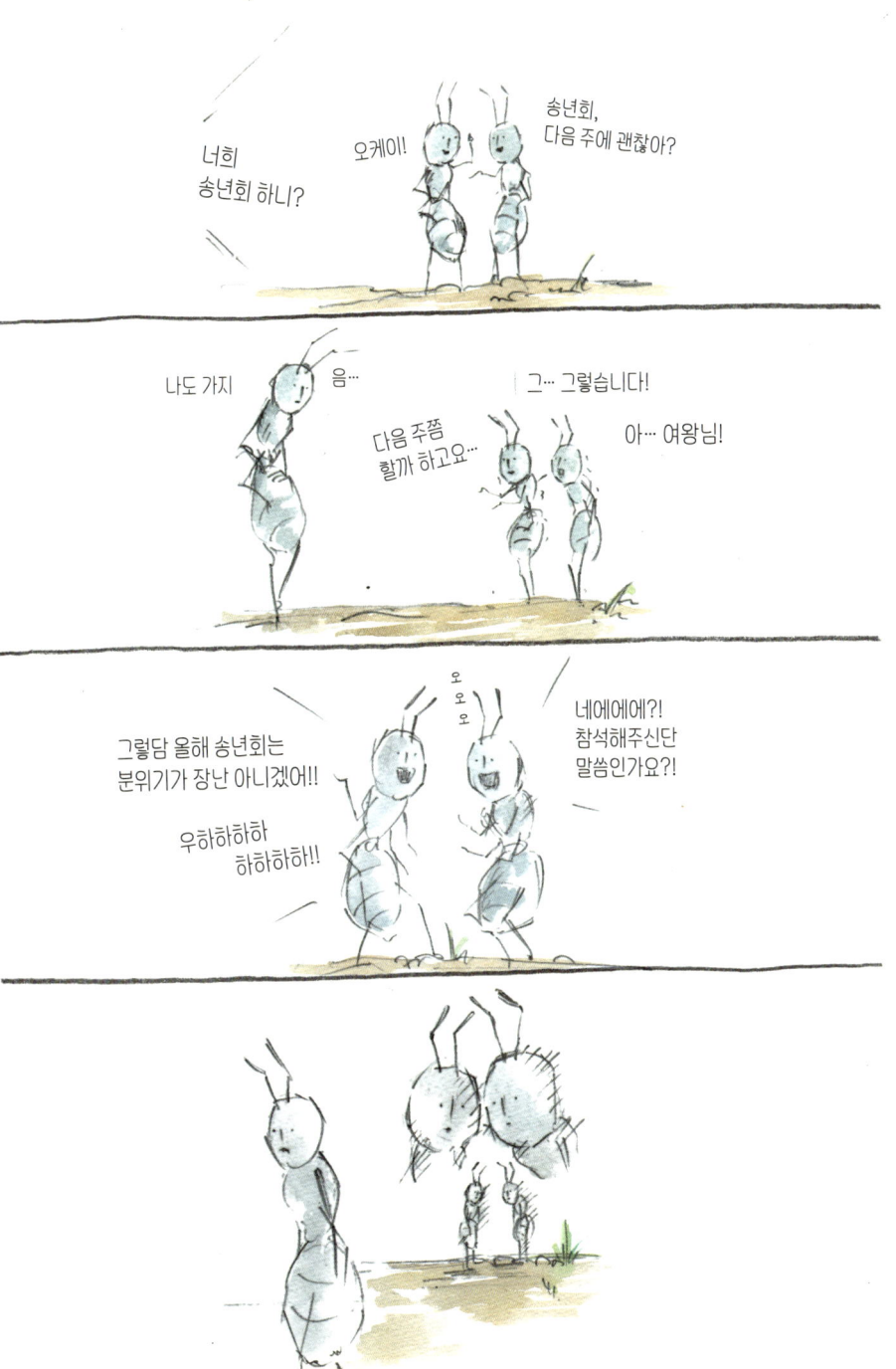

친절한 개미지옥

안타까운 개미지옥

일개미와 개미지옥

선배 일개미

신입 일개미

일개미의 면접

일개미의 취업 상담

4장

일개미의
가혹한 나날

느긋하게 산다

토끼와 거북이

공벌레의 꿈

일개미의 축구 관람

그날 오후

거미 골키퍼

축구 보는 번데기

일본 VS 콜롬비아

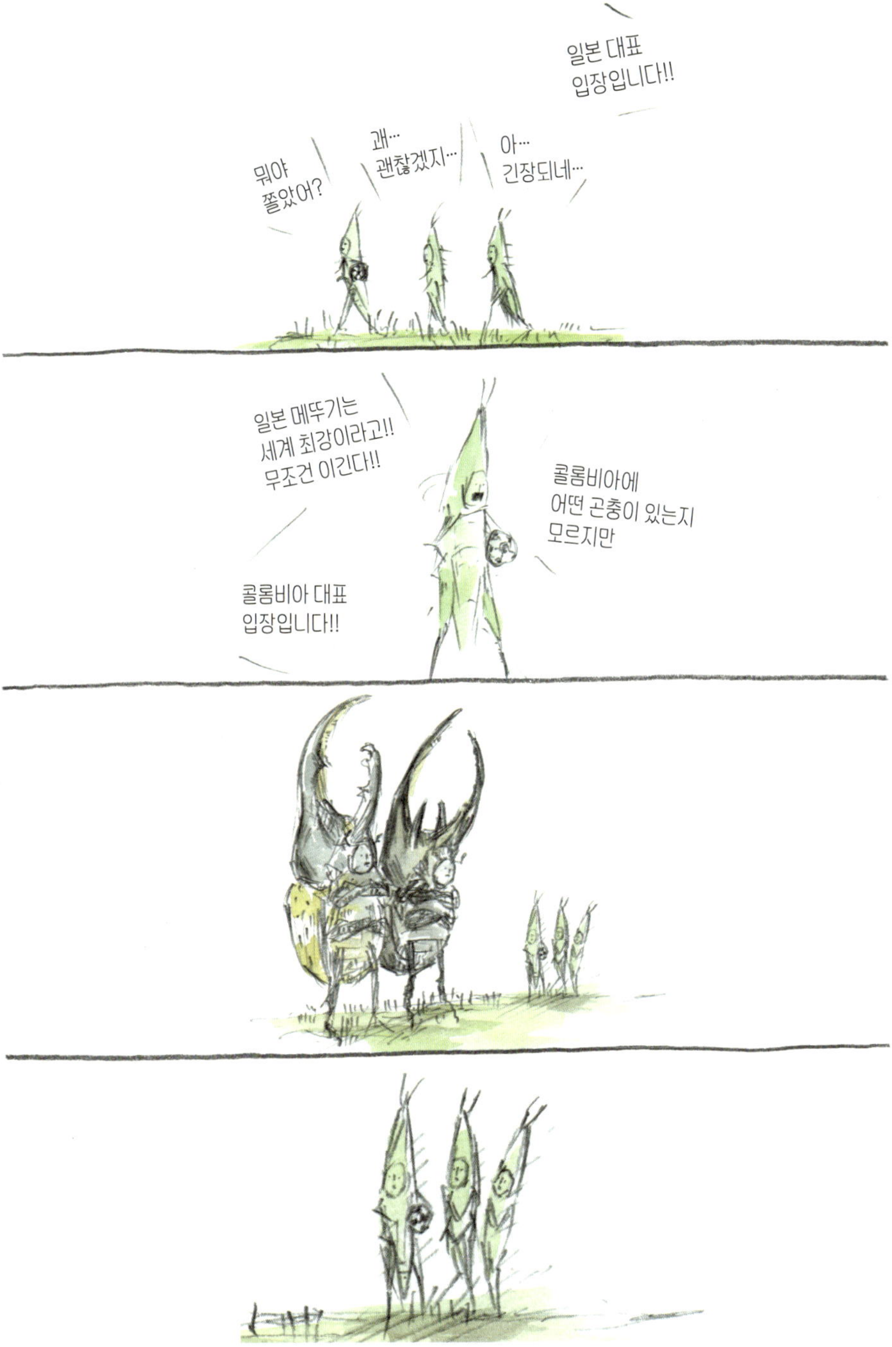

느긋한 곤충 월드컵

번데기의 스키점프

거북이와 컬링 ②

거북이와 컬링 ①

등산하는 날

공벌레의 심사

왕나비의 비행 거리

축구 대회

공벌레와 야구 대표팀

곤충 야구 대회 결승

스트라이크!!

3장

곤충들의 스포츠 축제

느긋하게 산다

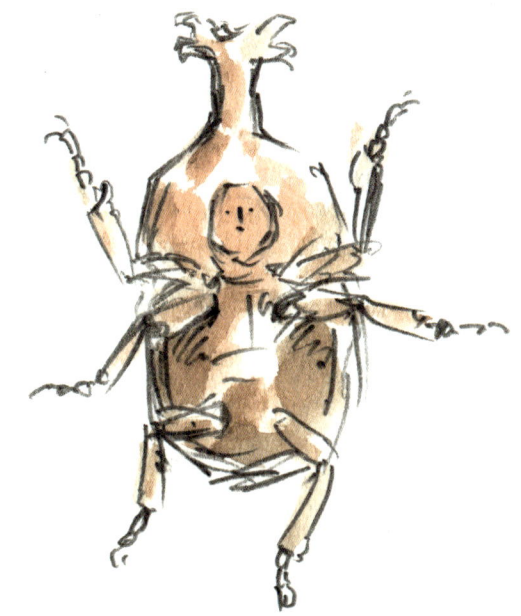

2장

숙명의 라이벌

느긋하게 산다

잠자리 유충의 마지막 시험

진짜 있었던 무서운 이야기

잘나가는 곤충

초식남 등장

물렀거라

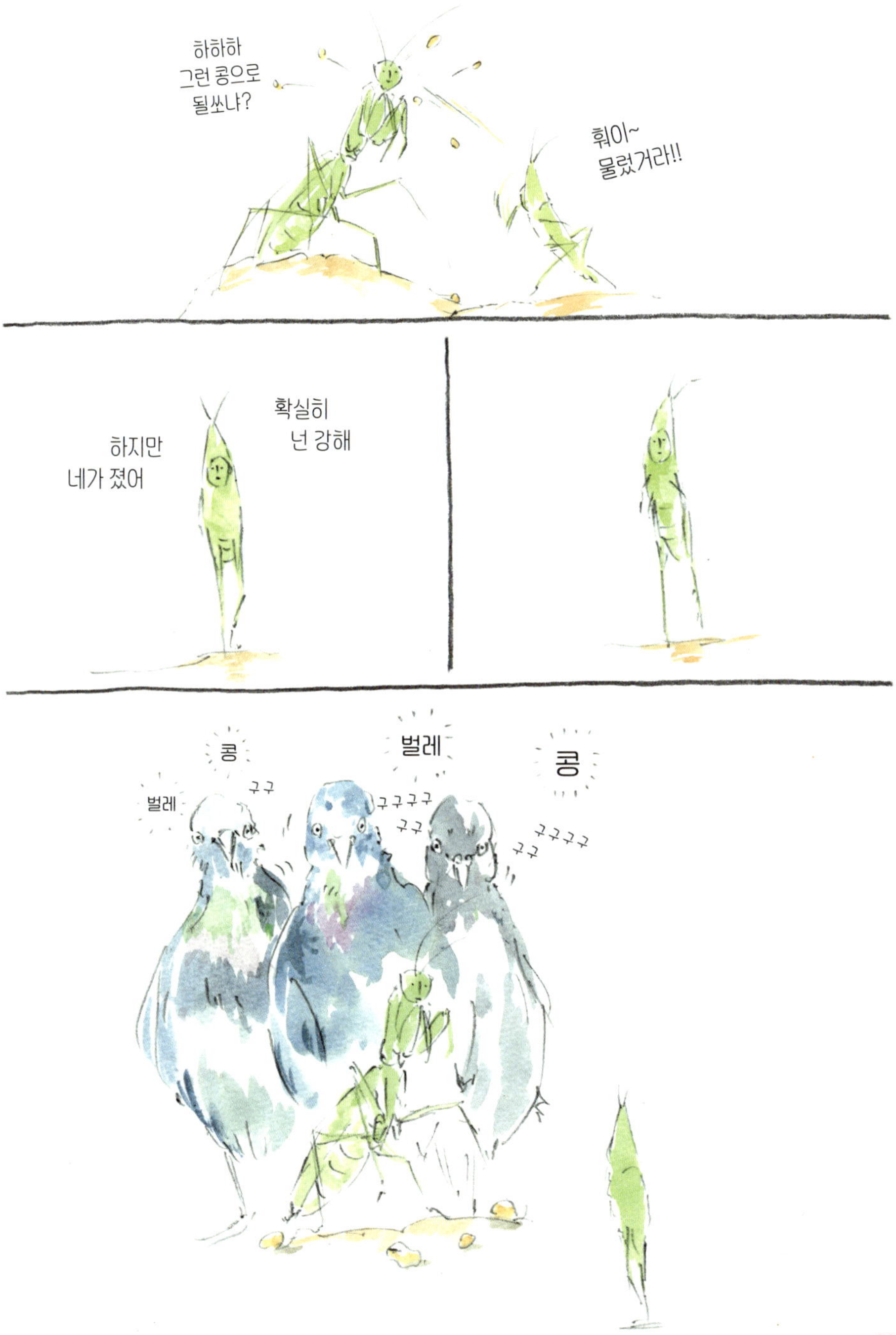

사랑은 갑자기

애처가 섬서구메뚜기

섬서구메뚜기 부부

섬서구메뚜기의 등산

인스타 감성 ②

갬성
파리
자식…

인스타 감성 ①

참새를 처음 본 말벌*

* 말벌을 뜻하는 '스즈메바치'가 '참새(스즈메)'+'벌(하치)'과 발음이 같음을 이용한 언어유희.

시간 여행자

귀뚜라미의 하늘

세미 파이널*

* '매미'를 뜻하는 일본어 '세미'를 이용한 언어유희.

매미의 여름

매미의 상담

어마어마한 곤충

지켜보던 귀뚜라미

연인의 날

똥폼쟁이 귀뚜라미

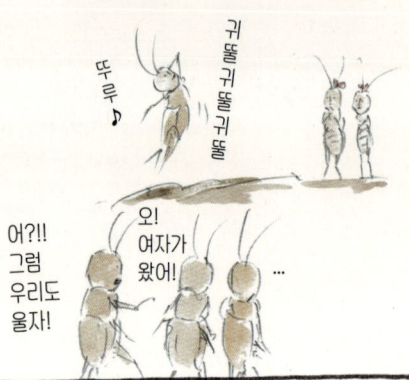

남자다운 귀뚜라미

장마 퍼레이드

비 오는 날의 곤충들

매미의 비행

참매미의 울음소리 강의

1장

곤충들의 계절

느긋하게 산다

Character
등장인물

느긋한 곤충 중 일부
작가 주 : 개구리는 곤충이 아닙니다.

[사마귀]
메뚜기에게는 사마귀가, 사마귀에게는 까마귀가 두려움의 대상이다.

[사슴벌레]
장수풍뎅이와 숙명의 라이벌이지만 실은 사이좋게 지내고 싶다.

[공벌레]
느긋한 곤충들 사이에서는 항상 공으로서의 사명을 맡는다.

[섬서구메뚜기]
초록을 사랑하고, 풀을 사랑하는 초식계. 항상 암컷이 수컷을 업는다.

[개미]
일하고 일하고 또 일하는 것을 운명으로 아는 회사형 산업역군. 금요일에만 건강해 보인다.

[장수풍뎅이]
일반적으로 곤충의 왕이라 불리지만 느긋한 곤충 세계에서는 그 정도는 아니다.

[개구리]
귀차니즘에 절어 멋대로 살고파 하는 한량. 우물 안 개구리.

CONTENTS

프롤로그 002

1장 곤충들의 계절

참매미의 울음소리 강의 008
매미의 비행 010
비 오는 날의 곤충들 011
장마 퍼레이드 012
남자다운 귀뚜라미 014
똥폼쟁이 귀뚜라미 015
연인의 날 016
지켜보던 귀뚜라미 017
어마어마한 곤충 018
매미의 상담 019
매미의 여름 020
세미 파이널 021
귀뚜라미의 하늘 022

시간 여행자 024
참새를 처음 본 말벌 025
인스타 감성 ① 026
인스타 감성 ② 027
섬서구메뚜기의 등산 028
섬서구메뚜기 부부 029
애처가 섬서구메뚜기 030
사랑은 갑자기 031
물렀거라 032
초식남 등장 033
잘나가는 곤충 034
진짜 있었던 무서운 이야기 035
잠자리 유충의 마지막 시험 036

2장 숙명의 라이벌

3장 곤충들의 스포츠 축제

곤충 야구 대회 결승 054
공벌레와 야구 대표팀 056
축구 대회 057
왕나비의 비행 거리 058
공벌레의 심사 060
등산하는 날 061
거북이와 컬링 ① 062
거북이와 컬링 ② 063
번데기의 스키점프 064

느긋한 곤충 월드컵 065
일본 vs 콜롬비아 066
축구 보는 번데기 067
거미 골키퍼 068
일개미의 축구 관람 070
인터뷰 071
공벌레의 꿈 072
토끼와 거북이 074

4장 일개미의 가혹한 나날

일개미의 취업 상담 076
일개미의 면접 077
신입 일개미 078
선배 일개미 080
일개미와 개미지옥 081
안타까운 개미지옥 082
친절한 개미지옥 083
일개미 송년회 084
일개미의 주말 085
내일부터 또 일하는 일개미 086

5장 개미와 베짱이의 우정

6장 곤충들의 이벤트

민물게의 비밀 102
두꺼비의 육아 104
어린이날 105
올챙이의 성장 106
송사리 학교 108
'멍청이'만으로 마음은 전해진다 109
송사리 학교의 날라리 110
거북이와 개구리 112
거북이와 아기 개구리 113
거북이를 도와준 개구리 114
거북이의 보은 ① 115
거북이의 보은 ② 116
양서류 남자 117
우산 데이 118
말똥구리의 선물 120
크리스마스트리 121
송사리 학교는 겨울방학 122
도롱이벌레의 크리스마스 123
일개미의 크리스마스 124
메리 크리스마스 125
민달팽이의 새해 첫 꿈 126
무당벌레 사건 127
일개미의 프리미엄 프라이데이 128

7장 우물 안 개구리, 큰 바다를 알다

에필로그 149   작가 후기 157

프롤로그

매일매일
야근이야…

아… 피곤해…

하아…

저마다 생긴 대로, 열심대충 곤충 라이프

ゆるふわ昆虫図鑑

느긋하게 산다

ボクラはゆるく生きている

주에키타로 만화
장선정 옮김

비채